KB062496

노인류

b판시선 69

하종오 시집

노인류

도서출판 b

'노인류老人類'는 고령 사회를 살아가는 노인의 수가 증가하고 있는 세태에서 그 노인들만 인류로 특정화하기 위하여 만든 조어다. '노 인류(老 人類, 늙은 사람들)'와 '노인 류(老人 類, 노인의 무리)'라는 뜻도 포함된 이 조어는 현재 사회와 미래 사회에 긍정적으로 또 부정적으로 관여하는 노인들을 지칭한다.

나 자신이 속한 그들을 시화詩化하려고 했으며 한국의 수많은 고령층 시인들이 노인류의 창조적인 장에서 존재하기를 희망한다. 한국 시단에 노시인이 적지 않은데도 노인에 관한 시가 별반 없다. 노시인이 왜 노인을 시의 주체, 시의 주제로 시를 쓰지 않는가? 노인에 관한 노시인의 시작詩作은 너무나 당연하고 합당한 창작 행위가 아닌가? 노시인들 각자의 경험과 인생을 형상화한 노인 시편을 기다린다.

나는 소년 시절부터 습작하기 시작하여 노년 시절까지 쓰고도 시를 완성하지 못하고 있고, 마침내 인지력이 떨어지는 노인이 되었다. 시를 쓰려고 골라낸 낱말이 내가 알고 있는 뜻에 맞는지 의문이 들어 사전을 뒤적이고, 그동안 알고 있던 명제나 개념을 올바르게 이해하고 있는지 의심하여 관련 자료를 찾아본다. 사물이나 상황을 보면서 새롭게 배우지 않으면 안 되는 단계를 발견한다.

아무려나 아직은 시를 쓸 수 있는 노인의 날들이어서 다행이라며 자긍하는 시간과 불행하다고 후회하는 시간을 번갈아 보내고 있다. 노인의 날들이 초년 중년의 날들에 비교해도 그리 짧지 않다는 것이 때로는 징벌처럼 느껴지기도 하고 때로는 축복처럼 느껴지기도 한다. 하지만 살아온 날들을 돌이켜 자성하거나 회오하거나 수긍하며 살아갈 날들로는 노년이 짧다는 생각도 길다는 생각도 떨칠 수 없다.

나의 생에 시를 더는 쓸 수 없는 시간이 온다면 안락사를 허용하는 곳으로 가서 죽기를 소망한다. 이 자술이 전혀 이상하지 않다.

하종오

|차 례|

노인류의 출현

I
늙은 내가 늙은 친구에게 문자를 보냈다
"죽기 전에 한번 보자."
늙은 친구한테서 늙은 내게로 문자가 왔다
"안 보고 죽어도 괜찮다."

II
인류의 오래된 희망은
서로 대면하고 대화하고 동행하는 것이고
인류의 오래된 염원은
함께 식사하고 덕담하고 축원하는 것인데
그런 희망을 없앤 나와 친구를
그런 염원을 없앤 나와 친구를
노인류로 규정한다
　　그리고 노인류는 지혜롭다고 자긍하고 궁상맞다고 자탄
하고 간교하다고 자조하는 특성을 지녔다고 말하겠다

　　죽기 전에 친구를 보고 싶어 하는 나를 달가워하지 않는

친구에겐
  희망도 염원도 있다고 할 수 없어
  친구를 노인류로 새로 규정하지 않는다면
  달리 이해하고 배려하고 설명할 개념어가 없다

  죽기 전에 나를 안 보고 싶어 하는 친구를 서운해 하지
않는 나에겐
  희망도 염원도 있다고 할 수 없어
  나를 노인류로 새로 규정하지 않는다면
  달리 이해하고 배려하고 설명할 개념어가 없다

  이제 나와 친구는 노인류이다
  늙어서 친구를 보고 싶어 하는 나의 마음과
  늙어서 나를 안 보고 싶어 하는 친구의 마음은
  말할 것도 없이 지혜롭다고 자긍하고 궁상맞다고 자탄하
고 간교하다고 자조하는 노인류의 특성이다

노인류의 신생

I
늙은 남편이 궁시렁거렸다
"마지막 장면을 보니 저건 예전에 봤던 영화네."
늙은 부인이 혼잣말했다
"첫 장면부터 기억나지 않으면 그건 처음 보는 영화야."

II
노인류에게 비밀스러운 일이 있다면
신생을 살아내는 것이다.

노인류 중에서
독서가는 어느 시절에 읽어본 책을 또 그냥 읽고
여행가는 어느 시절에 가본 곳에 또 그냥 가고
미식가는 어느 시절에 사 먹어본 음식을 또 그냥 사
먹을 뿐이지만
진정한 노인류는
다시 읽는 책을 신간으로 생각하고
다시 찾아가는 곳을 낯선 지방으로 느끼고

다시 사 먹는 음식을 새 메뉴로 안다

노인류가 살아내는 신생에선
과거 이미 여러 번 시행해 본 행위도
현재 첫 시도하는 행위가 된다

노인류의 인사

I

늙은 내가 이웃 상노인에게 인사말 했다
"모종하는 일은 끝났지요?"
"풀 맬 일이 남았지요."
이웃 상노인이 늙은 나에게 말대답했다

II

평생 밭일을 하여 농사에 숙련된 상노인은 노인류,
고구마밭 콩밭 들깨밭을 오가며 일손을 놓지 않는다
평생 시를 써서 시작에 능숙한 나도 노인류,
농사나 시작이 여생을 늦춘다고 여기진 않는다
노인류가 밭일을 하지 않으면 미구에 닥칠 식량 부족과
노인류가 시를 쓰지 않으면 미구에 닥칠 감각 퇴화가
그 의미에서 질이 전혀 같진 않을지라도
농사에 숙련된 노인류와
시작에 능숙한 노인류가
똑같은 장소에서 직업으로 삼고
똑같은 시간에 운명으로 받아들여

각자 방식으로 연명하고 있는 건 진실이다

한 동네에서 인사치레나 하며 알고 지내는 농부와 시인
중에서

농부가 시를 알지 못해도

시인이 밭일을 알지 못해도

각자가 노인류로 살아가는 데엔 서로 간에 장애가 생기지
않는다

노인류의 진화

I
"여기 산천경개가 좋으니 놀러 와."
아랫지방에서 사는 늙은 친구가 초대했다
윗지방에서 사는 늙은 나는 거절했다
"거기나 여기나 산천경개는 똑같아."

II
나는 감각하는 노인류이다
아랫지방 산천이나 윗지방 산천이나
별 다를 바 없다고 느낀다
아랫지방에서나 윗지방에서나
마을에 서서 바라다보면
앞산 등성이로는 해가 뜨고
뒷산 등성이로는 해가 져서
아침에 가슴이 벅차오르거나
초저녁에 가만가만 비어지기는 마찬가지,
아랫지방에서나 윗지방에서나
들판에 나가 둘러보면

수로에는 물이 고여 있고
햇빛 내릴 때 무논에서 철새들이 느릿느릿 걷거나
바람 불 때 퍼드덕 퍼드덕 떼 지어 날아오르기는 마찬가
지,
어디에서나 동일하게 느낄 이 감각이야말로
노인류만 특별하게 지니고 있다
아무 데도 가고 싶지 않는 감각으로 진화하고 있는 노인
류,
나는 노인류이다
아무리 달리 보려고 해도 같게 보이는 감각으로 진화하고
있는 노인류,
나는 노인류이다

노인류의 주경야독

I
"무슨 재미있어 밭일에 매달리나?"
늙은 남편이 물어도 늙은 부인은 대답하지 않았다
"어떤 재미있어 독서에 매달리나?"
늙은 남편이 물어도 늙은 부인은 대답하지 않았다

II
낮에는 이웃과 어울리고 싶지 않아
텃밭에 들어가 지내고
밤에는 이웃이 찾아오지 않아
책 속에 들어가 지내는 사람이
시골에선 노인류이다

도시에서 온 늙은이들이 만났다 하면
원래 귀촌한 목적인 양
외식하며 커피 마시며
은근하게 자기 자랑하느라 서로 앞뒷집 험담하고
은근하게 재산 자랑하느라 서로 집안 들먹이는데

노인류는 밭일과 독서로 귀촌 생활한다

텃밭은 낮을 풍성하게 한다!
밭일하며 햇빛처럼 익어가는 열매를 보면 앞뒷집에 눈길
가지 않는다
책은 밤을 풍성하게 한다!
독서하며 달빛처럼 커다래지는 마음을 느끼면 집안은
의미 없다

시골에서 그런 노인류로 늙어가고 있으면
그 이웃 역시 노인류가 되어 주경야독하며 조용히 늙어간
다
밭일하는 재미라면 그게 재미다
독서하는 재미라면 그게 재미다

노인류의 식욕과 물욕

I
"이것 먹어볼까?"
늙은 내가 물으면 늙은 아내가 고개 끄덕인다
"저것 써볼까?"
늙은 아내가 물으면 늙은 내가 고개 끄덕인다

II
식료품과 생필품을 사러 마트에 가서
남편은 카트를 밀고 아내를 따라간다

엇비슷한 연배의 부부들이
상품을 카트에 싣는데
정말 먹고 싶어서 사는지
정말 쓰고 싶어서 사는지
도무지 알 수 없는
무표정한 얼굴을 하고 굼뜬 동작을 한다

식료품을 많이 사도 아예 사지 않아도

생필품을 많이 사도 아예 사지 않아도
피차 무관심한 고객으로 가득한 마트에선
그 누구도 그 누구를 주목하지 않는다
노인류란 이런 노부부들이다

남편과 아내 중에는
누가 더 서로한테 주목받지 않는 노인류일까
겨우 연명할 만큼만 식료품과 생필품을 필요로 하는
노인류로서
아내가 앞장서고 남편이 카트를 밀며 마트 안을 돌아다닌
다

남편과 아내는 노인류가 되기 전에도 노인류가 된 후에도
노인류에게 먹히거나 쓰이는 상품을 만들어 본 적이
없다

노인류의 도달점

I
아침 식후에 식탁에 마주앉은 노부부가
머그잔에 가득한 커피를 마시며 얘기했다
"늙어가니 저녁에 잠을 잘 못 들거나 한밤중에 자주 깨."
"영혼이 무언가 생각하는 시간을 더 가지고 싶어서일
거야."

II
생각하는 내가 생각하지 않는 나를 바라보다가
생각하는 내가 생각하지 않는 나를 가다듬다가
생각하는 내가 생각하지 않는 나보다 먼저 행동하다가
나는 노인류에 도달한다

이제 생각하는 나로부터 물러날 줄도 알고
생각하지 않는 나로부터 물러날 줄도 안다
이제 생각하는 나에게 생각을 중단하게 할 줄도 알고
생각하지 않는 나에게 생각을 시작하게 할 줄도 안다
이제 생각하는 나를 텅 비울 줄도 알고

생각하지 않는 나를 텅 비울 줄도 안다

노인류에 도달하기 전에 나는
늙어 가는 내 영혼을 확인하면서
생각할 능력이 줄어드는 나를 걱정했고
생각할 생애가 줄어드는 나를 불안해했다

누구나 노인류에 도달하면
그때부터 자신을 생각해 주지 않던
타자를 공연히 생각하며 스스로 깊어지고
그때부터 자신에게 생각하지 못하게 하던
타자를 다르게 생각하며 스스로 높아지고
그때부터 자신이 생각해 주어야 하던
타자를 도리어 생각하지 않고 스스로 가득해진다

노인류의 정체성

I
남편은 이웃과 대화하고 집에 오면 말했다
"노인이 되면 염치가 없어지나 봐."
아내가 듣고는 망설이지 않고 말했다
"늙으면 염치없는 줄도 모르게 되겠지."

II
곧잘 아무렇게나 말하는 나는 지혜로운 노인류일까
늘 무엇도 가지지 않은 나는 궁상맞은 노인류일까
언제나 누군가와 연락을 피하는 나는 간교한 노인류일까

나는 오래 살았다고 말하면서도 아직 살아 있어 안심한다
나는 가지지 못해도 모자란다는 생각이 들지 않아 더
부족해진다
나는 연락을 주고받는 상대가 나보다 더 많이 알면 부담스
럽다

언제까지 살지 헤아리지 못하므로 나는 그래도 존재하는

노인류가 아닐까

　이러하면 염치없는 늙은이일까

　어디에도 생각이 못 미치므로 나는 그나마 존재하는
노인류가 아닐까

　이러하면 염치없는 늙은이일까

　얼마나 알고 있는지 자신이 모르므로 나는 그래서 존재하
는 노인류가 아닐까

　이러하면 염치없는 늙은이일까

노인류의 전성기

I
"노인 없이 아이 없다."
"노인 없이 청년 없다."
"노인 없이 중장년 없다."
누군가 단언했을 때 누구도 부정하지 않았다

II
늙은이에서 시작하여
늙은이를 넘어선 사람은
모든 늙은이를 합쳐서
노인류가 된다

그런 노인류는
자신의 본래 모습이 아닌 사람들을
자신의 본래 모습으로 바꾸는 능력으로
한 생애를 살아버리는
그런 노인류이다

아, 늙어가도 아이 시절을 미래로 되돌려
자신의 본래 모습이 어리다고 경탄하고
아, 늙어서야 청년 시절을 미래로 되돌려
자신의 본래 모습이 풋풋하다고 탄성하고
아, 늙은 후에야 중장년 시절을 미래로 되돌려
자신의 본래 모습이 아름답다고 탄복한다

늙은이에서 시작하여
늙은이를 넘어선 사람은
모든 늙은이를 합쳐서
노인류가 된다

노인류의 앞뒤 모습

I
"이웃 상노인이 나 보고 누구냐고 묻더라고."
"나이 먹으면 자기 자신 보고도 누구냐고 묻게 될걸."
이런 말을 노부부가 심드렁하게 주고받다가
서로 쳐다보며 일순간 낯선 표정을 지었다

II
자기 자신을 잘 알아보기도 하고
자기 자신을 잘 몰라보기도 하는 사람이
노인류이다

노인류의 앞모습이 뒷모습에게
나를 기억하기 위해
자꾸 뒤돌아보려 하지 말라 말하고
노인류의 뒷모습이 앞모습에게
늘 앞을 향해 있는 나를
기억하라고 대꾸하고
노인류의 앞뒤 모습은 동시에 노인류에게

자기 자신을 바로 보라고 강조한다

잠시 망설이던 노인류는
자기 자신의 앞모습을 보다가
타인의 앞모습을 하고 있는 자기 자신을 발견하고
자기 자신의 뒷모습을 보다가
타인의 뒷모습을 하고 있는 자기 자신을 발견하고
자기 자신의 앞뒤 모습을 보다가
타인의 앞뒤 모습을 하고 있는 자기 자신을 발견하여
시무룩해진다

평생 사는 동안 타인과 구별되지 않았다는 걸 알게 된
노인류는 자기 자신의 속 모습을 보려고
비로소 두 눈을 감는다

노인류의 복장

I

"옷 갈아입어."

"몸내 나나? 땀내 나나?"

"늙은이 내음 나잖아."

늙은 부인이 늙은 남편을 닦달했다

II

노인류는 조용히 지낸다

노인류는 사람을 자주 만나지 않고

산을 자주 오르내리기 때문에

옷이 여러 벌 필요하지 않다

노인류는 사람을 자주 보지 않고

숲을 자주 마주하기 때문에

옷이 여러 벌 필요하지 않다

한 해에 여러 번 산세山勢를 바꾸지 않는 산에

노인류가 옷을 번갈아 바꾸어 입고

산에 오른다면 예의이겠는가
한 해에 여러 번 수세樹勢를 바꾸지 않는 숲에
노인류가 옷을 번갈아 바꾸어 입고
숲과 마주한다면 예의이겠는가

산하고도 숲하고도 조용하게 지내려는 노인류는
각 계절 옷 두세 벌씩만 가지고 날마다 빨아서 갈아입는다
그렇게 조용하게 지내는 날이 끝나면
마침내 산과 숲과 함께 흙 속에서 자리하게 되므로
옷이 더는 필요 없다는 걸 알아서다

노인류의 세간살이

I

늙은 아내가 중얼거렸다
"쓸 줄 모르는 물건은 내다 버려야 해."
늙은 남편이 한마디 보탰다
"못 쓰는 물건은 없는 거나 마찬가지지."

II

그녀는 노인류가 다 되었나 보다
가전 기기가 탈 나면
사용하기를 포기한다
3구 가스레인지에서
1구에 가스가 나오지 않으면
그녀는 2구에만 조리하도록 반찬을 줄인다
투 도어 냉장고에서
냉동실이 작동 안 되면
그녀는 냉장실에 보관하는 신선식품만 산다
전자레인지가 수명 다하면
그녀는 데워서 먹는 간편식을 구입하지 않는다

텔레비전이 고장 나면

그녀는 시청하지 않는다

전화기가 먹통 되면

그녀는 통화하지 않는다

컴퓨터에 에러 나면

그녀는 인터넷 검색하지 않는다

사용하지 못하는 가전 기기가 늘어날수록

그녀가 맛볼 수 없는 음식이 많아진다

그녀는 순순히 받아들인다

새로 가전 기기를 장만하지 않을수록

그녀가 즐길 수 있는 소일거리가 줄어든다

그녀는 담담히 빈둥거린다

노인류가 되면 이렇게 편리하게 지내게 되나 보다

노인류의 동년배

I
"자식은 늙은 뒤에야 늙은 부모를 알게 돼."
"자식이 알았을 땐 부모가 죽은 후지."
자문자답하는 한 노인에게 다른 노인이 말했다
"부모가 자식인 때가 있고, 자식이 부모인 때가 있지."

II
부모는 노인류인 때
자식을 의식하고
자식은 노인류인 때
부모를 의식한다

이때면
살아 있는 자식의 나이는 이미 죽은 부모의 나이이고
죽은 부모의 나이는 아직 살아 있는 자식의 나이여서
비로소 동년배가 된다

그리하여

부모는 죽은 노인류이고 자식은 살아 있는 노인류여도
먼저 노인류가 된 부모와 나중 노인류가 된 자식이
마침내 동일인이 된다

요즘은 부모와 자식 중에서
누가 죽은 노인류인지
누가 살아 있는 노인류인지
예단할 수 없는 시절이다

부모는 자식과 같이 노인류인 때
자식을 자신으로 의식하고
자식은 부모와 같이 노인류인 때
부모를 자신으로 의식한다

노인류의 포옹

I
"아무리 늙고 아무리 늙어도
기쁠 땐 당신을 안고 싶고
슬플 땐 당신에게 안기고 싶다."
독거노인이 하늘을 쳐다보며 중얼거렸다

II
노인류와 노인류가 기뻐서 포옹하면
그 양팔 안으로
풀꽃과 풀꽃이 껴안은 채로 들어와서
웃고,
노인류와 노인류가 슬퍼서 포옹하면
그 양팔 안으로
바람과 바람이 껴안은 채로 들어와서
운다

풀꽃들의 웃음소리는 노인류들의 웃음소리 그대로여서
기쁨은 꽃내음으로 흩어져서 누구나 마음껏 맡을 수

있어
　노인류들이 기뻐한 사연을 굳이 구체적으로 알지 못해도
누구든 아무렇지 않다

　바람들의 울음소리는 노인류들의 울음소리 그대로여서
　슬픔은 바람 소리로 흩어져서 누구나 마음껏 들을 수
있어
　노인류들이 슬퍼한 사연을 굳이 구체적으로 알지 못해도
누구든 아무렇지 않다

　노인류와 노인류가 언제라도 포옹하면
　그 양팔 안으로
　서로 껴안은 채 들어온 것들은
　그네들의 특질을 드러내어
　노인류들의 감정을 나타낸다

노인류의 콧대

I
"늙으면 코가 커져."
"안면 근육이 줄어들어 코가 크게 보이는 거겠지."
"그럴까?"
노부부가 농을 주고받으며 각자 코를 어루만졌다

II
늙은 나는 누굴 만나기 전에
거울 앞에 서서 노인류를 본다

나의 얼굴에서 코가 없다면
귀나 눈이나 입만으로
존재감을 가질 수 있는지 생각한다
귀는 상대방의 소리를 들을 수 있어
눈은 상대방의 모습을 볼 수 있어
입은 상대방에게 말을 할 수 있어
소통하는 데 필요한 신체 기관이어도
코는 소통과 상관없다

소리가 똑똑하게 들리지 않아 귀가 상대방 가까이 기울일
때도
모습이 똑똑하게 보이지 않아 눈이 상대방 가까이 다가갈
때도
말이 똑똑하게 나오지 않아 입이 상대방 가까이 벌릴
때도
가만히 따라가 상대방 면전에서 자존심처럼 높다라니
있는 나의 코, 그러나
코는 숨을 들이쉬고 내쉬어
나의 존재감을 상대방에게 알려준다
코는 몸내를 맡아서
상대방의 존재감을 나에게 알려준다

늙은 나는 누굴 만나기 전에
거울 앞에 서서 콧대를 세우는 노인류를 본다

노인류의 식사

I
늙은 남편이 늙은 부인에게 투덜거렸다
"외식도 자식네 집밥도 싫어, 간이 안 맞아서.
조리 솜씨는 왜 대물림이 안 되지?"
늙은 부인은 늙은 남편에게 아무 말도 하지 않았다

II
자신을 노인류로 여기는
부인은 삼시세끼 조리한다
자신을 노인류로 여기는
남편은 삼시세끼 먹는다

노인류가 노인류를 연명하게 하고
노인류에 의해 노인류가 연명되는 실상을
노인류라서 특별하게 인지하지 못하는
부인과 남편은 삼시세끼에서
연명이 시작되고 완료되지만
노인류로서 의미 있게 인식하지 않는다

부인과 남편이 노인류가 되도록
부인이 일상으로 조리하고
남편이 일상으로 먹은
음식의 가짓수와 양이 몸에 배어 있어서다

부인은 손맛이 점점 떨어지는 노인류인데도
삼시세끼 힘껏 조리하고
남편은 입맛이 점점 떨어지는 노인류인데도
삼시세끼 양껏 먹는다

노인류의 참회록

I

"자발적으로 가난하면 세상이 좀 더 나아질까?"
늙은 남편이 의구했다
"자발적으로 가난하려는 자는 세상에 하나도 없어."
늙은 아내가 확언했다

II

노인류가 되었어도 가난한 축에 드는 나는
넉넉하지 못한 무능력을 참회해야 하나?
기회를 잡지 못한 무관심을 참회해야 하나?
아부하지 못한 무감각을 참회해야 하나?

내가 노인류가 되었어도 가난이 계속되고 있는 처지를
잘사는 남들이 분석해 주지 않고
못사는 나는 해명할 수 없다
따라서 가난이 종료되는 시기가 오든 오지 않든
나는 참회할 수 없다

나의 무능력은 빈곤하자는 의지에서 비롯되었지 않나?

나의 무관심은 유불리에 무심하자는 심정에서 비롯되었지 않나?

나의 무감각은 사익을 배격하자는 결심에서 비롯되었지 않나?

그런 나에 대하여 나는 참회록을 쓰지 않는다

가난한 축에 드는 노인류는 너무나 많고

나는 그중 한 명일 뿐이라서 참회록을 써선 안 된다

노인류의 궁상

I
지방 시골로 귀촌한 친구가 물었다
"거기는 살 만하냐?"
수도권 시골로 귀촌한 친구가 대답했다
"여기에 왜 살러 왔는지 모르겠다."

II
나는 알 수가 없다
내가 이곳에 온 뒤
그 무엇이 이루어지고 있는지

노인류가 되어 있는 사실 말고는
내가 원했던 그 무엇이
이곳에서 이루어지고 있는지
나는 알 수가 없다

이곳은 사람들이 노인류로 귀환하는 장소,
때로 얼굴로만 웃는 사람들은 불행하다고 연민하며 지내

는 종생이

    때로 머릿속을 들여다보면 사람들은 아름답지 않다고 단언하며 버티는 여생이

    때로 몸으로 부딪치며 만나고 헤어진 별의별 사람들에 대한 애증을 내려놓으며 보내는 잔생이

    나중에 어떤 결과에 다다를지 알 수가 없어도

    알 수가 없는데도 고민하고 있는 나는

    이곳에서 현재 참 궁상맞다고 자인한다

    그래도 그 무엇이 마지막 축복받는 생애를 나에게 만들어주기를 바란다

    늙은 나에겐 보이지 않는 그 무엇이 이곳에서 유보되고 있는지

    늙은 나에겐 보이지 않는 그 무엇이 이곳에서 유지되고 있는지

    노인류가 되면 다 볼 수 있으리라 여겼던 그 무엇들을

    이곳에선 정녕 알 수가 없다, 노인류가 되어 있는 나는

노인류의 간교

I
"나뭇가지를 누가 몰래 잘라버렸어!"
늙은 아내가 놀라서 소리쳤다
"나무는 가지를 베도 다시 자라는데 뭘."
늙은 남편이 심드렁하게 대꾸했다

II
집 가에서 자란 나무가
마을 길로 뻗어낸 가지들이
마구 베어져 있다면
귀촌한 노인류가 한 짓거리라고
나는 단정한다, 시골에서 지내본 경험상

집주인한테 허락을 받지 않고
아무에게도 들키지 않을 한밤중에
몰래 와서 나무를 훼손한다면
행위자는 재물손괴에 해당하는 불법행위로
이미 스스로 알고 있는 것이다

마을 길을 운전해 지나갈 때 승용차가 나뭇가지들에
긁힐까
　마을 길을 걸을 때 햇빛과 그늘과 바람을 흔드는 나뭇잎들
이 아름다워 시샘하게 될까

　전원주택이 드문드문 있는 동네에서
　그 짓거리할 자는
　속으론 눈가림하기 위해 잔머리를 굴리고
　겉으론 점잔을 떨며 돈 많은 척하는
　귀촌한 노인류밖에 없다는
　너무나 빤한 사실만 보더라도
　귀촌한 노인류는 간교하다고
　나는 단언한다, 시골에서 한 십 년 살아본 경험상

노인류의 회귀

I

"걸작을 남기지 않으면 이름이 남지도 못해."
"수많은 범작보다 걸작 한 편이 중요하지."
늙은이가 되도록 창작한 후에도 이렇게들 말한다
아무리 늙어도 창작자들은 이 말을 부정하지 않는다

II

중년에 괴롭게 글을 써서 명작으로 남기고
평범하게 사는 노인류는 편안하지만
현재 독자가 그 명작을 읽으면
그 즉시 괴로운 중년으로 돌아온다

노인류가 중년으로 돌아온 까닭이
독자 때문인지 명작 때문인지
사려 깊게 헤아려 보지 않아도
단연코 후자가 원인이다

무릇 창작에 중년과 노인류가 따로 있을 수 없다

중년에 괴롭게 노래를 만들어 명곡으로 남기고
평범하게 사는 노인류는 편안하지만
현재 청중이 그 명곡을 들으면
그 즉시 괴로운 중년으로 돌아오고,
중년에 괴롭게 그림을 그려 명화로 남기고
평범하게 사는 노인류는 편안하지만
현재 애호가가 그 명화를 보면
그 즉시 괴로운 중년으로 돌아온다

노인류를 무화시킬 수 있는 출세작을
세상에 내놓은 나이 대(帶)로
창작자는 돌아가고 싶어 하지 않아도
독자와 청중과 애호가가 찾으면 돌아가게 되어 있어
노인류로서 편안하더라도 언젠가 괴로운 중년이 된다

노인류의 수다

I
"늙으면 말수가 많아져."
"늙으면 말수가 적어져."
두 노인이 대화하다가 입을 모았다
"우리가 젊어서는 어땠지?"

II
다변이 체질인 노인류는 없다
눌변이 체질인 노인류는 없다

누군가에게 해야 할 말과
누군가에게 하고 싶은 말을
평생 동안 참았다가
종생에 들어 더는 참을 수 없게 되어
노인류와 노인류가 대화하는 거지만 겉돈다
특히 전직에 대해서는 잔말로 늘어놓다가
특히 자식에 대해서는 겉말로 자랑하다가
특히 재산에 대해서는 헛말로 부풀리다가

그렇게 노인류는 삼삼오오 모이면

더 유명인이거나 덜 유명인이거나

더 무명인이거나 덜 무명인이거나

이구동성 말함으로써 동류가 되긴 해도

심심할 땐 책 읽고 토론하자는 격려를 정말로 하지 않고

쓸쓸할 땐 먼 하늘을 함께 바라봐 달라는 부탁을 참말로

하지 않고

괴로울 땐 연락하고 의논해야 한다는 조언을 속말로

하지 않고

서로서로 잡담이나 허언을 다변으로 하거나 눌변으로

하는 노인류가 되고 만다

노인류의 빈부

I
초로 둘이 공원 벤치에 나란히 앉아 자탄했다
"늙으니 나만 빼고 다 부자로 보여."
"늙으니 나보다 잘사는 노인이 훨씬 더 많아 보여."
초로 둘은 서로 쳐다보지 않았다

II
늙도록 먼 하늘을 바라보는 노인이
부자일까 생각하다가
나는 헛웃음을 웃는다

그런 노인을 노인류라고 한다면
먹구름이나 번개나 천둥소리를
가슴속에 담고 있지 않은 노인류란 없고
별빛이나 달그림자나 벌레 울음을
마음속에 담고 있지 않은 노인류란 없다

나는 늙어 죽도록 먼 하늘을 바라볼 자니

부자일까 생각하다가
쓴웃음을 웃는다

나 같은 노인을 노인류라고 한다면
가난한 노인류만 먼 하늘을 바라보다가
낮엔 먹구름과 번개와 천둥소리를 찾으러
가슴속을 헤집으며 다니고
밤엔 별빛과 달그림자와 벌레 울음을 찾으러
마음속을 헤집으며 다닌다

잘사는 노인한테서 먼 하늘을 바라보는 모습을
발견한 적이 없다는 걸 상기하며
나는 눈웃음을 웃는다

노인류의 밤비

I

아침 식탁에 마주앉은 노부부가 주고받았다

"간밤에 빗소리가 시끄러웠어."

"몇 시에 비가 내렸지?"

늙은 아내는 불면했고 늙은 남편은 숙면했다

II

잠들면 빗소리를 잘 듣지 못하는 내가

이즘 밤비 소리를 자주 듣는다

오늘 밤엔 장대비가 내려

빗소리에 잠 깬 나는

내가 만든 노인류라는 조어造語가

뜬금없이 떠올라 되작거린다

노인류란 누구를 지칭하는가

비가 오는 밤에 과거를 되짚어 보는 노인? 밤비가 소리를 크게 내는 장소를 상상하는 노인? 빗소리에 뒤척이는 자신을 연민하는 노인?

그런 세 노인에 다 속하는 내가 노인류인가

장대비가 좍좍 내리는 한밤중에 나는
뒤척이다가 가만하다가 겉잠에 들어
빗속을 걸어가던 까마득한 과거로 되돌아가
빗줄기를 피할 아늑한 장소를 찾아 헤매다가
빗물에 젖어 하염없이 흐느끼는 자신을 껴안고는
노인류라는 조어를 나에게서 실감하고 만다
내가 조어를 만든 계기가 바로 이렇게 된 나를
특별하게 대우하고 특별하게 분류하려는 의도인 걸 알게
된다
    나는 장대비가 그치지 않기를 바라며 좀체 깊이 잠들지
못한다

노인류의 유산

I
"날이 갈수록 빈부 격차가 심해."
겨우 먹고사는 한 노인이 탄식했다
"가난하지 않을 방법이 있나?"
겨우 먹고사는 다른 노인이 반문했다

II
노인류가 되면 가족을 위한
부동산이나 귀금속이나 현금 따위
개인 사유 재산은 없어도
하늘과 햇빛과 비바람 따위
인류 공동 재산은 있어
자족할 수 있다

노인류의 재산 목록엔
공기와 달빛과 별빛과 구름과 그늘도 들어 있지만
더 쓸 능력이 없고
덜 쓸 시간이 없고

다 쓸 장소가 없다

노인류가 되면 부모 자식 간에
애써 부동산이나 귀금속이나 현금 따위를
상속하지 않아도
이미 하늘과 햇빛과 비바람 따위를
공유하고 있어
더 부유하지도 않고
덜 빈곤하지도 않고
다 부족하지도 않다

유산이 없는 노인류는 없다

노인류의 결여

I
"농민은 농작물을 소비자에게 직거래할 수 있어.
시인은 시집을 독자에게 직거래할 수 있나?"
토박이 늙은 농사꾼이 단도직입적으로 물었다
귀촌한 늙은 시인이 아무 대꾸하지 않았다

II
본업이 시인인 내가 아무리 노인류라 해도
시인에게 마땅히 있어야 할
불의한 노인류에 대한 분노심이 모자라고
불만족한 노인류에 대한 관심이 모자라고
불행한 노인류에 대한 동정심이 모자라서
나의 시집이 널리 읽히지 않는가

부업이 농업인인 나는 아무리 노인류라 해도
농업인에게 마땅히 있어야 할
논밭을 팔고 떠난 노인류에 대한 이해가 모자라고
논밭을 사서 귀촌한 노인류에 대한 애정이 모자라고

논밭을 놀리는 노인류에 대한 공감이 모자라서
나의 농작물은 많이 거둬지지 않는가

노인류가 되면 본업과 부업을 나눌 정도로
여러 가지 직업을 겸할 수도 없다
몸이 다 늙은 노인류이기 때문이다
여러 가지 결여를 견딜 수도 없다
마음이 다 늙지 않은 노인류이기 때문이다

나는 노인류가 되고 나서부턴 누구에게나 어디에서나
본업이 시인이고 부업이 농업인이라고 말하지 않는다
그 누구에게도 나의 시집을 직거래로 팔 수가 없고 팔리지
도 않는다는 걸 알고 있고
그 어디에서도 나의 농작물을 직거래로 팔 수가 없고
팔리지도 않는다는 걸 알고 있다

노인류의 불평불만

Ⅰ
늙은 남편과 늙은 아내가 볼멘소리를 했다
"만사가 뜻대로 되지 않네."
"정말이지 마음대로 안 되네."
늙은 남편과 늙은 아내는 볼멘소리를 곧잘 되풀이했다

Ⅱ
다 살지 않아 아직 원하는 대로 되지 않고
다 살아봐도 그때 원하는 대로 되지 않을 세상에서
불평불만이 많지 않으면 노인류가 아니다

노인류는 이런 일에 투덜거리거나 구시렁거린다
봄날 자기 집에서 이웃집보다 늦게 꽃 피우는 영산홍이
못마땅하여, 너무 게으르다
여름날 시간마다 그늘을 옮기는 해에게 짜증나서, 빨리
저물어라
가을날 단풍 들지 않은 잎을 떨어뜨리는 나무가 보기
싫어, 정말 볼품없어

겨울날 흰 눈밭에 발자국을 찍어대는 까치에게 화나서,
엄청 무례한 놈이네

남편인 노인류는 아내인 노인류와 함께
이 세상의 어딘가에서 사라지게 될 신세인 줄 알고는
불평불만을 쏟아놓는다
원하는 대로 되지 않는 자신들 밖의 상황들에 대하여
일테면 봄철에 영산홍은 왜 꽃 빛깔을 달리해서 눈길을
사로잡지, 여름철에 해는 뜨거운 햇볕을 왜 자제하지 않지,
가을철에 나무는 잎 따로 열매 따로 왜 떨어뜨리지, 겨울철
에 까치가 흰 눈밭에 들어가 왜 걸어 다니지,

아내인 노인류는 남편인 노인류과 함께
이 세상에서 언젠가 사라지게 될 신세일 줄 알고는 불평불
만을 쏟아놓는다
원하는 대로 되지 않는 자신들 안의 문제들에 대하여
일테면 봄철에 피는 꽃을 우리는 왜 눈여겨보지, 여름철
에 밤이 왜 짧아서 우리는 일찍 잠들지 못하는지, 가을철에

단풍 든 산기슭을 바라보면 우리는 왜 쓸쓸해지지, 겨울철에
눈송이가 내리는 흰 눈밭에 우리는 왜 들어가지 않지,

　해결되지 않는 문제와 해소되지 않는 상황을
　남편인 노인류와 아내인 노인류는 자신들의 능력으론
　어찌 해볼 수 없다는 걸 너무나 잘 안다
　원하는 대로 좀체 되어가지 않는 이 세상에서
　원하지 않는데도 노인류가 된 남편과 아내가
　불평불만을 많이 하는 이유다

노인류의 행불행

I
늙은 형과 늙은 동생이 서로 물었다
"동생은 살아보고 나니 행복해? 불행해?"
"형은 살아보고 나니 행복해? 불행해?"
늙은 형과 늙은 동생은 더는 말을 잇지 않았다

II
노인류가 된 형제 중에서
누가 행복을 느끼는 노인류인지
누가 불행을 느끼는 노인류인지
스스로 행불행을 말하지 않는데
남들이 왈가왈부할 순 없다

형이 무언가 이룬 나날이 일생에 많아 행복을 느끼는
노인류가 되었다고 해도
동생이 무언가 이루지 못한 나날이 일생에 많아 불행을
느끼는 노인류가 되었다고 해도
(혹은 그 반대라 해도)

이제 형제는 마지막 무언가를 이루려는 종생의 노인류,
스스로 행불행을 말하지 않는데
남들이 왈가왈부해 봐야 의미가 없다

노인류가 되지 못한 남들이 노인류가 되기 위하여 한동네
에서 같이 늙어가는 형제를 만나서 함께 손뼉 치며 노래
부르며 춤추며 포옹했다고 치자
이때 남들 각자가 홀로이 느끼는 행불행은 각자 다를
수밖에 없는데
그런 경우에 형이 행복이라고 느끼고 동생이 불행이라고
느껴서
(혹은 그 반대로 느껴서)
남들의 행불행을 형제가 왈가왈부해 봐야 의미가 없다

노인류가 되지 못한 남들이 노인류가 되기 위하여 한동네
에서 같이 늙어가는 형제를 데리고 식당으로 가서 반찬
가득 차린 식탁에 둘러앉아 밥 먹으며 반주 한 잔씩 마셨다고
치자

이때 남들 각자가 홀로이 느끼는 행불행은 각자 다를
수밖에 없는데

그런 경우에 형은 불행이라고 느끼고 동생이 행복이라고
느껴서

(혹은 그 반대로 느껴서)

남들의 행불행을 형제가 왈가왈부해 봐야 의미가 없다

왈가왈부해도, 노인류가 된 형제의 행불행과 노인류가
되지 못한 남들의 행불행을 실제로 견주어 보면 내면 외면이
거의 동일하다 그러므로 같이 늙어가는 모두가 노인류가
되어야 하는 인간적 이유가 있진 않다

노인류의 회억

I
노인이 된 한 친구가 중얼거렸다
"가까운 과거는 기억이 잘 나지 않고
먼 과거는 기억이 잘 나지?"
노인이 된 다른 친구가 동의했다

II
노인류가 된 나는 아직도 생과 사를 잘 이해할 수 없어
해를 구분해 회억해 보는데,
노인류가 되었으면 다 잊어야 좋으련만
이십 년 전에 나를 곁에 두지 않고 별세하신 부모님을
떠올려 보고
십 년 전에 혼인하고는 내가 사준 책을 챙겨서 자립한
자식을 떠올려 보고
오 년 전에 태어나 배냇짓하던 손자가 나를 할아버지라고
부르는 목소리를 떠올려 보아도
노인류가 된 나는 아직도 생과 사를 잘 이해할 수 없어
달을 구분해 회억해 보는데,

노인류가 되었으면 다 잊어야 좋으련만

　지지난달엔 어릴 적에 부모님이 심어 따먹게 하셨으나
수명 다해 죽은 청포도 나무를 떠올려 보고

　지난달엔 자식이 원해서 봄에 심었으나 겨울에 얼어
죽은 무화과를 떠올려 보고

　이달엔 손자가 보기를 기대하고 철 늦게 씨를 심었으나
꽃 피우지 못한 채 죽은 봉선화를 떠올려 보아도

　노인류가 된 나는 아직도 생과 사를 잘 이해할 수 없어

　날을 구분해 회억해 보는데,

　노인류가 되었으면 다 잊어야 좋으련만

　그저께엔 아내와 함께 청포도나무를 구해 심을 장소를
떠올려 보고

　어저께엔 아내와 함께 무화과를 다시 심어놓고 추위를
버티게 할 방법을 떠올려 보고

　오늘엔 아내와 함께 봉선화 씨를 일찍 심어서 꽃망울이
왕창 터지는 광경을 떠올려 보아도

　노인류가 된 나는 아직도 생과 사를 잘 이해할 수 없어

　시간을 구분해 회억해 보는데,

노인류가 되었으면 다 잊어야 좋으련만

세 시간 전엔 아내한테 수발 받다가 별세하신 부모님을
그리워하다가

두 시간 전엔 아내를 떠나서 살아가는 자식을 찾아가
보려고 하다가

한 시간 전엔 아내하고 놀아도 너무 즐거우므로 태어나지
못했으면 억울해할 손자를 보고 싶어 하다가

무엇이든 다 잊어도 좋은 노인류가 된 나에게 살아본
경험의 기억만 오직 있고 죽어본 경험의 기억은 아예 없다

노인류의 유전

I
한 늙은이가 다른 늙은이에게 푸념했다
"나의 아들딸이 나의 장점을 물려받지 못했어."
다른 늙은이가 한 늙은이에게 맞장구쳤다
"나의 아들딸은 나의 단점을 물려받았어."

II
지금 노인류인 나는 자식이 태어났을 적에
바닥에 가슴을 대고 엎드려 살길을 짚었다
그때 노인류였던 부모님도 예전에 그랬을 행동,
지금 노인류인 나는 자식이 자랄 적에
바닥에 등을 대고 누워 살날을 헤아렸다
그때 노인류였던 부모님도 예전에 그랬을 행동,
지금 노인류인 나는 그러한 부모님이 떠오를 적에
바닥을 가슴에 안고 앓다가 바닥을 짚고 일어나고
바닥을 등에 지고 앓다가 바닥을 딛고 일어선다
그때 노인류였던 부모님도 예전에 그랬을 행동,
지금 노인류인 내가 물려받아 그리한다

노인류의 실랑이

I
두 노인은 마주치면 딴말했다
"늙으니 더운 날엔 힘이 들어."
"늙으면 추운 날에도 힘이 들지."
두 노인은 딴전을 부리기도 했다

II
노인류가 되면 사람들하고
실랑이를 하고 싶어 하지 않는다
그는 노인류가 되어 있는지
동식물하고만 실랑이를 한다
그는 골목길을 걸으면서
담장 너머에서 짖어대는 집개들과
컹컹컹 실랑이를 하고
공원에 가서 벤치에 앉아서는
나뭇가지를 들락거리는 참새들과
짹짹짹 실랑이를 한다
그는 골목길에서 집개들과 실랑이를 하지 못하는 날엔

담장 너머에서 뻗어 나온 장미 넝쿨과

한들한들 실랑이를 하고

공원 벤치에서 참새들과 실랑이를 하지 못하는 날엔

나뭇가지에서 내려오는 그늘과

살랑살랑 실랑이를 한다

실제로 무슨 의사를 주고받는지

당사자들만 아는 기밀이기는 해도

개인적 유불리를 따지지 않는 말거리인 것만은 사실이다

그는 노인류가 되어 있는지

사람들하고는 진실이든 허위든 실랑이를 하지 않는다

노인류의 감^感들

I
귀촌인이 토박이에게 심심풀이로 말을 건넸다
"예전엔 이것저것 다 안 되면 농사나 짓겠다고 했지."
토박이가 귀촌인에게 심드렁하게 대꾸했다
"요새는 농사를 못 지으면 이것저것이나 하는 법이지."

II
귀촌인 노인류의 손엔 잘 잡히지 않는 벌레가
토박이 노인류의 손엔 잘 잡혀서
채소 잎사귀 뒤에서도 살아남지 못한다
좀 둔하기는 해도 귀촌인 노인류의 손은
토박이 노인류에게 들러붙는 벌레를 떼어내 놔준다

귀촌인 노인류의 눈엔 잘 띄지 않는 풀이
토박이 노인류의 눈엔 잘 띄어서
아무 데서나 뽑힌다
좀 흐리기는 해도 귀촌인 노인류의 눈은
토박이 노인류를 싫어하는 풀을 알아보고 놔둔다

귀촌인 노인류의 귀엔 잘 들리지 않는 소리가
토박이 노인류의 귀엔 잘 들린다
누가 지나가는지
무엇이 꿈틀거리는지
어디서 바스락거리는지
토박이 노인류는 호미질을 하면서
단번에 알아맞히고
귀촌인 노인류는 호미질을 멈추고
빙 둘러보곤 알아본다

이런 감들은 시골에서 사는 덴 거기서 거기다

노인류의 노추

I

귀촌한 노인과 토박이 노인이 만나 개탄했다

"시골 늙은이들 중에도 권력을 밝히고 돈 냄새를 잘 맡는
자는 따로 있지."

"도시 늙은이들 중에도 권력을 밝히고 돈 냄새를 잘 맡는
자는 따로 있지."

"시골에서나 도시에서나 늙은이들이 하는 행세는 매한
가지지."

II

노인류는 수가 많아지면
우두머리를 정한다

우두머리를 정한다는 건
무리를 지어야만
사익을 도모할 수 있다는
뜻과 다르지 않다

노인류가 취할 수 있는 사익이라면
시골에서든 도시에서든
선한 사익으로는
나무 아래 앉아 쉬면서
저마다 허공을 보며 성찰하는 일이고
속된 사익으로는
재물을 탐하고
남을 욕하며 노는 짓인데
노추한 노인류는 대체로 속된 사익을 추구한다

또한 노추한 노인류일수록
우두머리를 중심으로 모여서
새로이 노인류를 모아
가능한 한 큰 무리를 짓는다

노인류의 교훈

I
"노인이 되니 다들 성격이 고약하게 변해."
"노인이 되면 부끄러움을 모르게 되기 때문이지."
이렇게 말하던 늙은 친구 둘이 자기 옹호를 했다
"노인은 인간이지 않나?"

II
나를 노인류의 교훈으로 삼으면 안 된다
내가 살아본 생은 조야하다고 생각하는
나는 일찍 사망하고 싶은 노인류,
내가 살아보지 못한 생은 위대하다고 상상하는
나는 결코 부활하지 못하는 노인류,

그를 노인류의 교훈으로 삼았으면 한다
그는 이렇게 주장한 적이 있다
꽃들은 노인류와 동류다, 아름다움을 보여주니까
곤충들은 노인류와 동류다, 울음소리를 들려주니까
새들은 노인류와 동류다, 비상을 꿈꾸게 하니까

꽃들과 곤충들과 새들을 노인류와 동류로 받아들이지
못해
　　아름다움과 울음소리와 비상을 알지 못하면 노인류가
아니다
　　살아본 생에서나 살아보지 못한 생에서나
　　누구나 아름답고 싶어 하고 울고 싶어 하고 비상하고
싶어 한다

　　나는 그를 노인류의 교훈으로 삼는다
　　그에게 주장한 바가 없는 나도 노인류이고
　　나에게 주장하는 바가 있는 그도 노인류이다
　　나는 무능한 노인류이고 그는 유능한 노인류이다
　　그가 나를 노인류의 교훈으로 삼지는 않을까

노인류의 일머리

I
"노인이 되면 직관력이 없어져!"
"노인이 되면 통찰력이 없어져!"
학식 있어 뵈는 노인 둘이 목소리를 높여 우길 때,
다른 노인들은 말뜻을 몰라 누구 편도 들지 않았다

II
내가 노인류라는 걸 절감하는 때는
일머리가 없어 허둥지둥할 때다

어떤 일에든 있기 마련인 선후를
나는 글쓰기나 책 읽기 이외엔 파악하지 못해
대략 난감한 경우가 다반사다

사람이 할 수 있는 일 가운데서
나는 감정 없이 해야 하는 일손은 서툴고
기계를 사용해야 하는 일속은 잘 알지 못한다

세상만사에 숨어 있는 노하우를 터득하지 못한 채
노인류가 돼버린 나는 늙을수록 일머리가 없어
이제 시 쓰기나 시집 읽기에도 대단히 무감각해지고
있다
시를 쓸 땐 시어가 빨리 떠오르지 않아 허둥지둥하고
시집을 읽을 땐 시구가 얼른 이해되지 않아 허둥지둥한다
나는 글쓰기나 책 읽기에도 일머리가 없어 불쌍하고
불행한 노인류이다

노인류의 무관심

I
"아무것도 생산하지 못하는 시간을 얼마나 살아내야 하나?"
"죽음이 다가오는 시각까지 살아내면 끝나나?"
이렇게 자문한 두 노인은 다음과 같이 자답했다
"시간이 생을 놓아줄 때까지 살아야 하겠지."

II
강화 시골 동네에 와도 노인류에 속하는 내가
하루가 지루하여 마을 길을 걷다가
이웃집 마당에 꽃 피우고 선 나무가 있으면
발걸음을 멈추고 서서 구경해도
집주인은 나를 의심하지 않는다

서울 변두리 동네에 가도 노인류에 속하는 나는
공원에 산책하러 이웃집 앞을 지나갈 때
담장 넘어 꽃가지를 뻗어낸 장미가 보이면
집주인이 나를 잠재적 범죄자로 의혹할까 싶어

아예 쳐다보지도 않고 지나간다

집주인이 나에게 무관심한 강화 시골 동네에서든
내가 집주인에게 무관심해야 하는 서울 변두리 동네에서
든
노인류에 속하면 가장 곤혹스러운 지점은
달리 어떻게 사용할 도리가 없는
남아도는 시간에 대하여
달리 어떻게 소비할 방법을 찾지 못하여
무작정 집을 나서지 않으면 안 된다는 점이다
내가 시간에 무관심하면 나는 노인류에 속하지 않을
수 있는가
시간이 나에게 무관심하면 나는 노인류에 속하지 않을
수 있는가

노인류의 선택지

I
"늙으면 할 수 있는 일이 별로 없어."
"늙으면 돈도 벌리지 않지."
"늙으면 죽을 날을 기다려야 하나?"
늙은이들이 공원 벤치에 앉아 신세 한탄했다

II
나는 노인류가 된 이후론
나에게 선택지가 별로 없다는 데 실망한다

무언가를 시도하려고 하다 보면
실수하거나 부실하지 않게
시작하여 완성하기에는 가능하지 않다

내가 직업을 시인에서 전업한다고 해보자
어떤 선택지가 있겠는가
비문을 바로잡는 능력으로 고장 난 기계를 어떻게 고칠
수 있겠는가

사전을 뒤적여 낱말을 골라내는 감각으로 누구에게 무슨
서비스를 할 수 있겠는가
　　노트북 키보드를 두드려 글을 쓰는 솜씨로 삽을 잡고
밭을 얼마나 뒤집을 수 있겠는가

　　어차피 이런 노인류에서 벗어나지 못할 바엔
　　나는 시인으로서 언제든지 고를 수 있는 선택지를
　　스스로 마음속에 마련해 둔다, 실망하지 않기 위하여
　　시를 더 써서 시집을 더 내는 방안
　　시를 덜 써서 시집을 덜 내는 방안
　　시를 안 써서 시집을 안 내는 방안
　　그 세 가지

노인류의 호불호

I

늙은 친구 셋이 만나 대화하면 늘 이런 끝말을 하고
헤어졌다

"백과 돈과 이름이 없으면 늙어서 살기 힘들지."

"그 세 가지 중에 두 가지는 있어야 늙어도 살맛 나지."

"한 가지도 안 가지고 늙어가니까 살아가기가 편해."

II

나는 노인류가 되고 나서부터 호불호가 더 뚜렷해지고
있다

생을 시작한 날에선 멀어지고 끝나는 날에는 가까워지고
있는 걸 알고 있어

좋은 대상과 좋지 않은 대상을 구분하지 않고 만나기는
싫다

내가 좋다고 생각하는 대상은

김소월과 한용운을 읽고 모차르트와 베토벤을 듣고 고흐
와 로트렉을 보는 노인류이고

내가 좋지 않다고 생각하는 대상은
권력과 금력을 부러워하고 인맥과 직업을 시기하고 권위
와 명예를 탐하는 노인류이다

이렇게 말해놓고 보니 내가
김소월과 한용운을 읽고 모차르트와 베토벤을 듣고 고흐
와 로트렉을 보지 않는가
권력과 금력을 부러워하고 인맥과 직업을 시기하고 권위
와 명성을 탐하지 않는가

내가 좋다고 생각하는 대상은 나라는 노인류,
내가 좋지 않다고 생각하는 대상은 나라는 노인류,
생을 시작한 날에선 멀어지고 끝나는 날에는 가까워지고
있는 내가
나에게 호불호의 대상이다

노인류의 핑곗거리

I
말다툼하는 노인들을 보며 한 노인이 혼잣말했다
"핑계 없는 무덤은 없지.
핑계하지 않는 인간은 없지.
늙는 데도 핑계가 있지."

II
어떤 노인류는 늙지 않으려는 핑곗거리로
살아서 이루지 못한 꿈을 놔두고 죽을 수 없다는 걸
대고
또 어떤 노인류는 늙으려는 핑곗거리로
살아서 꿈을 이루어봤자 죽으면 흔적 없이 사라진다는
걸 댄다

나라는 노인류는
늙지 않으려는 핑곗거리로
인간이 꿈을 이룰 수 있는 시간으론 생이 짧다는 생각을
피력하고

늙으려는 핑곗거리로

인간이라면 생의 시간을 넘어가야 꿈이 이루어진다는

생각을 피력한다

모든 노인류가

늙지 않으려고 찾는 핑곗거리와 늙으려고 찾는 핑곗거리

에는

동일한 주제가 있다

사랑과 증오와 후회와 용서를 어쩌지 못하여 자신들의

생을 미완성한다는 것이 그것이다

나는 그것을 거부하거나 수용하는 핑곗거리를 나에게서

찾아서 댄다

나는 늙지 않음으로써 사랑과 증오와 후회와 용서를

계속해야 생을 완성할 수 있다고……

나는 늙음으로써 사랑과 증오와 후회와 용서를 그만해도

생이 완성된다고……

나는 그런 핑곗거리를 다 가진 노인류다

노인류의 헛꿈

I
늙은 한 친구가 요즘 꿈이 무엇이냐고 물었다
늙은 두 친구가 반문했다
"늙었는데 무슨 꿈이 있나?"
"늙은이가 꿈이 있으면 무얼 하나?"

II
내가 꾸는 꿈 가운데 어떤 꿈이 헛꿈일까
나는 노인류가 된 후 몇 가지 꿈을 꾸고 있다

죽기 전엔 시를 쓰지 못하는 시인으로 살지 않는 꿈,
죽은 후엔 시집이 한 권도 남지 않더라도 시가 독자에게
잊히지 않는 꿈,

이런 꿈도 꾼다
아이 적으로 나를 데려다 놓으면 그 어린 내가 이미
알고 있는 노인류가 된 나에게 교활한 자신을 상상력이
넘치는 시인으로 착각하지 말라며 교활함에 혀를 끌끌 차며

야단치는 꿈,

　청년 적으로 나를 데려다 놓으면 그 젊은 내가 이미 알고 있는 노인류가 된 내가 쓰는 시가 미숙하기 이를 데 없어서 좀 더 공부해서 퇴고하지 못하는 미숙함을 지적질하는 꿈,

　이게 잠 속에서 꾸는 꿈이라도 헛꿈인가
　이게 삶 속에서 꾸는 꿈이라도 헛꿈인가

　노인류가 된 후 내가 꾸는 꿈이
　시인이 된 내가 교활하다는 꿈이라면
　내 시가 미숙하다는 꿈이라면
　내 꿈은 진실하나 내 실상은 헛되다는 뜻이다

노인류의 반면교사

I
늙은 한 친구가 조언했다
"늙어서 상대방을 욕하면서 배우면 안 돼.
늙으면 상대방을 칭찬하면서 배워야 돼."
늙은 다른 친구는 귀 기울이지 않았다

II
노인류의 반면교사는 노인류이다
나의 반면교사는 나다

노인류를 욕함으로써 존재감을 가졌다가
도리어 노인류한테서 욕먹는 노인류를 보고
나를 칭찬함으로써 자신감을 얻었다가
오히려 나한테서 실망하는 나를 본다

따지고 보면 나도 노인류이다
나를 칭찬함으로써 자신감을 얻었다가
오히려 나한테서 실망하는 내가 노인류라면

나는 노인류를 욕함으로써 존재감을 가졌다가
도리어 노인류한테서 욕먹는 노인류이다

그러한 깨달음을
나는 노인류한테서 받는데 노인류는 나한테서 받는가
노인류는 나에게 주는데 나는 노인류에게 주는가

노인류는 노인류의 반면교사다
나는 나의 반면교사다

노인류의 재생

I
"누구나 인생 두 번 못 살지."
"어디서나 늙기 전에 살고 싶은 대로 살았어야 해."
"언젠가 다시 살아볼 여유가 생기겠지 하고 지난날엔
믿었지."
늙은 세 친구가 넋두리를 한마디씩 했다

II
한 번 살아본 노인류가 되면
가장 모순되었던 시간과
가장 치욕스럽던 시간과
가장 잘못하였던 시간을
한 번 더 되돌려 살 줄 안다

이렇게 사는 것이다
가장 모순되었던 과거가 중년 때였다면
중년인 자신을 현재에서 만나
노년인 자신이 질타하고

가장 치욕스럽던 과거가 청년 때였다면
청년인 자신을 현재에서 만나
노년인 자신이 포옹하고
가장 잘못하였던 과거가 소년 때였다면
소년인 자신을 현재에서 만나
노년인 자신이 사과한다
이로써 가장 결백했고 가장 순수했고 가장 아름다웠던
시간까진 되돌리지 못해도
노인류는 인생 역정에서 참담했던 시간을 과거에서 현재
로 되돌려 사는 것이다

한 번 더 되돌려 살 줄 아는 노인류가 되어도
한 번 더 되돌려 살 줄 모르는 시간이 있다
자신이 비루해질 시간과
자신이 유치해질 시간과
자신이 혐오스러워질 시간을
미래에서 현재로 되돌려 사는 것,

노인류의 양면성

I

"사랑과 미움은 마음의 양면이지."
한 노인이 뜬금없이 다른 노인에게 귓속말을 하자,
다른 노인이 덤덤하게 한 노인에게 귓속말을 했다
"사랑과 미움이 늙은이의 마음엔 양면으로 된 일면이지."

II

나에겐
노인류가 되기 전의 나와
노인류가 된 후의 내가 있다

그런 내가 내 마음 안팎을 드나들며 그와 대면한다
노인류가 되기 전의 내가 마음 안에서 그와 증오를 주고받
으면
노인류가 된 후의 내가 마음 밖에서 그와 애정을 주고받
고,
노인류가 되기 전의 내가 마음 안에서 그와 애정을 주고받
으면

노인류가 된 후의 내가 마음 밖에서 그와 증오를 주고받는다

그렇게 그는 내 마음 안에도 있고 내 마음 밖에도 있어
나는 내 마음 안에 내가 있든 내 마음 밖에 내가 있든
그에게 애증을 애정과 증오로 나누어 행위한다
내가 애증을 동시에 행위하기엔
그와의 선연善緣과 악연이 일생이나 되어 가능치 않다

노인류가 되기 전의 나를 살아보고 노인류가 된 후의
나를 살아봐서
나는 그걸 알고 있다

또 나는 알고 있다, 내가 그러는 동안
그에게도
노인류가 되기 전의 그와
노인류가 된 후의 그가 있어
그도 그의 마음 안팎을 드나들며
나와 대면하며 애증을 주고받는다는 걸

노인류의 결락^{缺落}

I

"마을 어귀에 사는 노인은 말수가 줄어들었어."

"마을 끝자락에 사는 노인은 동작이 느려졌어."

노부부는 이웃 노인들의 언행을 화젯거리로 삼으며

이웃 노인들같이 변해가는 자신들을 생각하고 있었다

II

내가 말이 어눌하고 동작이 굼뜬 노인류가 된다고 느끼던
무렵부터

내 말에서 긴장미가 빠져나가고 있고

내 동작에서 유연성이 빠져나가고 있다

나는 알고 있다

내가 말에 긴장미 없고 동작에 유연성 없는 노인류가
된다고 느끼던 무렵부터

내 말에서 떨어져 나가지 않는 건 안타까움 애달픔 슬픔
등등

내 동작에서 떨어져 나가지 않는 건 머리 심장 손발 등등

나는 알고 있다

나에게 있어야 내가 살아갈 수 있는
그것들이 빠져나가든 그것들이 떨어져 나가지 않든
누구의 말도 누구의 동작도 느끼지 못하는 무렵에
나는 헤아릴 수 없는 무언無言에 들고 제한 없는 정지停止에
든 노인류로 종결된다

노인류의 친불친

Ⅰ

"새가 세상을 차지하게 되면 사람은 어떻게 될까?"
"벌레가 세상을 차지하게 되면 사람은 어떻게 될까?"
"짐승이 세상을 차지하게 되면 사람은 어떻게 될까?"
세 노인이 멍때리고 있다가 동시에 중얼거렸다

Ⅱ

뒷날엔 새가 노인류가 되어 나무 위에 앉아 지저귀며
나무 아래 앉은 노인류인 나를 깔아뭉갤 수도 있다

구세대 노인류로서 다 살아버린 나는 그때
신세대 노인류로서 나무를 거처로 삼아
녹음을 즐기는 새를 우러러보며
입맛에 맞는 열매나 나무에서 구하고는
그늘져서 곡식이 자라지 못하면 나무를 베어버리던
내가 부끄러워지기도 하겠다

생각해 보면,

인간이 노인류로서 지배한 지구를
새가 노인류로서 지배해선 안 된다는 가설은 아직 없다
인간이든 새든 그 논리를 만들면
머리를 잘 굴리는 인간은 아연실색하여 길길이 뛸 테고
새는 머리를 쳐들고 가볍게 날아오를 터이므로
나무 우거진 지구는 오히려 인간보다 새를 지지할 수도
있다
(아, 잎과 가지를 흔드는 나무들!)

뒷날에 벌레가 노인류가 되어도 마찬가지,
뒷날에 짐승이 노인류가 되어도 마찬가지,
벌레가 신세대 노인류로 살게 되는 그때가 와서
짐승이 신세대 노인류로 살게 되는 그때가 와서
나무 우거진 지구가 오히려 인간보다 벌레와 짐승을
지지할 수도 있다는 상상에 이르면
나무를 가만두지 않고 이용만 했던 구세대 노인류인
나는 기꺼이 그것을 수긍하지 않을 수 없겠다
(아, 잎과 가지를 흔드는 나무들!)

노인류의 강약약강

I
"사람은 쉽게 변하지 않지, 쉽게 늙어갈 뿐이지"
한 노인이 혀를 찼다
"사람은 쉽게 고쳐 쓸 수 없지, 쉽게 늙어가니깐"
또 한 노인이 고개를 끄덕였다

II
노인류 가운데도
강자가 있고 약자가 있다

젊어서 강자는 늙어서도 강자이고
젊어서 약자는 늙어서도 약자여서
강자에겐 약자가 되고
약자에겐 강자가 되는
노인류는 이미 다 늙었으므로
스스로 변하지도 않고 남이 고쳐 쓰지도 않는다

나는 젊어서 강자가 아니었으매 늙어서도 강자가 되지

못해

　약자에게 강자가 되지 못한다

　나는 젊어서 약자가 아니었으매 늙어서도 약자가 되지
못해

　강자에게 약자가 되지 못한다

　나는 이미 다 늙었으므로

　나 스스로 변하지도 못하고 남이 나를 고쳐 쓰지도 않는다

　내가 강자인 척하면 약자로서 나를 대하고

　내가 약자인 척하면 강자로서 나를 대하는

　노인류 속에서

　강자도 아니고 약자도 아닌 나는

　강자에겐 강자가 되려고 애쓰고 약자에겐 약자가 되려고
애쓴다

노인류의 골병

Ⅰ

한마을에 사는 귀향인이든 토착인이든 외지인이든
딱 한 가지 말거리에는 어깃장을 놓곤 했다
"아프지 않고 죽어야 해."
"아프지 않은데 어떻게 죽는대?"

Ⅱ

목뼈에 염증이 생긴 이웃은 귀향한 노인류,
목을 반듯하게 세워 집 안에서 지낸다
그 나름으로 짚은 병인病因을 들어보면
가난했던 젊은 시절 타관에 나가 종일 고개 숙이고 미싱
밟은 때문이란다

허리 디스크에 탈 난 이웃은 토착한 노인류,
지팡이 짚고 마을 길을 걷는다
그 나름으로 짚은 병인을 들어보면
가난했던 젊은 시절부터 근년까지 종일 쪼그려 앉아
밭일한 때문이란다

이젠 귀향한 노인류가 미싱 밟지 않아도 끼니 걱정하지
않는 늙은 시절,
꽃이 송이송이 벌어져 어린 꽃의 줄기가 휘어져 있으면
북을 돋우어 일으켜 준 뒤
목 이리저리 몇 번 돌려보곤 한다
이젠 토착한 노인류가 밭일하지 않아도 끼니 걱정하지
않는 늙은 시절,
열매가 알알이 달려서 어린나무의 가지가 처져 있으면
막대기로 받쳐서 올려준 뒤
허리 이리저리 몇 번 돌려보곤 한다

그이들과 알아도 위로할 말이 없는 나는 외지에서 온
노인류,
그럭저럭 늙도록 골병 없이 살아가고 있다
내가 심어놓은 꽃들과 나무들의 줄기와 가지가 아무렇게
나 휘어져 있어도
나는 가만히 내버려 둔다, 그래야 내가 무병하리라 싶어서다

노인류의 헛나이

I
공원 벤치에서 성마른 두 노인이 핏대를 올렸다
"늙은이라고 해서 다 같은 늙은이가 아니다."
"늙으면 낫살을 더 먹었거나 덜 먹었거나 똑같다."
낯선 노인들은 들은 척도 하지 않고 지나갔다

II
노인류에 나이 상한이나 하한이 있을 리 없다
나는 노인류가 되었다고 스스로 말할 뿐
누가 나를 노인류로 대우하는지는 모른다

내가 노인류가 된다고 해서 후기後期 고령자는 아니다
내가 노인류가 못 된다고 해서 전기前期 고령자는 아니다
내 나이는 나를 노인류로 분류하는 데 별 영향이 없다

나 스스로 노인류가 되었다고 말한 이유라면
머리 쓸 만큼 머리 써 봐서 더 머리 써도 언제나 생각이
지혜롭지 않기 때문이고

궁핍할 만큼 궁핍해 봐서 더 궁핍해도 언제나 몰골이
궁상맞기 그지없기 때문이고

고민할 만큼 고민해 봐서 더 고민해도 언제나 마음이
간교하기 이를 데 없기 때문이다

다만 노인류가 되면 나이를 넘어서리라 싶었는지도 모르
는데

막상 노인류가 되었다고 말하고 나서 보니 나는 헛되이
늙어 있다

나는 해놓은 일이 미미하여 나잇값을 못 하는 처지이다
나는 됨됨이가 부족하여 나이대접을 못 받는 형편이다

노인류의 지혜

I

"살아 있으면 늙는데 늙어서 살아 있어야 하는가?"
한 노인이 이 화두에 사로잡혀 있었다
다른 노인이 새로운 화두를 던졌다
"살지도 않고 죽지도 않으면 노인일 수 있는가?"

II

대화가 잘 안되면
잘 안되는 대로 대화하고
말소리가 잘 들리지 않으면
잘 들리지 않는 대로 말소리를 듣는
나와 상대는 노인류이다

상대가 있어
내가 그 덕에 대화하고 말소리를 듣는 노인류가 되어
있으므로
내가 있어
상대가 그 덕에 대화하고 말소리를 듣는 노인류가 되어

있으므로
　나와 상대는 똑같은 노인류로서
　서로에게 부족해도 서로에게 만족한다

　부족감과 만족감을 동시에 가진 노인류가 많아진다면
　대화가 잦아지고
　말소리가 커져서
　나와 상대는
　대화가 잘 되면
　잘 되는 대로 대화하고
　말소리가 잘 들리면
　잘 들리는 대로 말소리를 들어서
　노인류이다

　그런 자기 의식을 따라서 노인류는
　죽을 때 되어 죽지 않으려고 하지 않고
　죽고 나서 살아나려고 하지 않는다

노인류의 종언

I
늙은 내가 늙은 아내에게 말했다
"난 병들면 안락사하고 싶어!"
늙은 아내가 늙은 나에게 말했다
"난 잠자다가 돌연사하고 싶어!"

II
사람들이란 죽은 후에는
사람들에게 해를 끼치지 않는다
죽음이 이미 사람들에게 와서
사람이 죽일 수 있는 사람이 아무도 없으므로
노인류도 없다

사람들이란 죽기 전에는
사람들에게 해를 끼친다
죽음이 아직 사람들에게 오지 않아서
사람이 죽일 수 있는 사람이 그대로 있으므로
노인류도 있다

노인류인 내가 안락사하기를 바라는 것과
노인류인 아내가 돌연사하기를 바라는 것은
살아 있는 순간마다 사람에게 해를 끼친다는 것과
살아 있지 않은 순간부터 사람에게 해를 끼치지 않는다는
것을
일생에 걸쳐서 알아버렸기 때문이다

사람들이 사람들에게 해를 끼치면서
노인류가 시작하고
사람들이 사람들에게 해를 끼치지 않으면서
노인류가 종언하는
그 사이를
나와 아내는 사람으로 이제 다 지나왔다

노인류의 종시^{終始}

I
늙은 아버지 어머니가 죽기 전에 아들딸에게 일렀다
"열심히 살아라."
"한결같이 살아라."
"속이지 말고 살아라."

II
부모가 노인류를 종언하면
자식이 노인류를 시작한다

종언과 시작은
노인류가 만든 본바탕,
지혜롭다고 자긍하고 궁상맞다고 자탄하고 간교하다고
자조하는
노인류의 특성은 대물림된다

노인류가 된 자식은
노인류였던 부모의 지혜를 물려받았다며 자긍하다가

한층 더 지혜롭게 사람들을 피아로 갈라서

자리를 차지하고

노인류였던 부모의 궁상을 물려받았다며 자탄하다가

한층 더 궁상맞게 사람들을 이해利害로 나누어

이득을 취하고

노인류였던 부모의 간교를 물려받았다며 자조하다가

한층 더 간교하게 사람들을 이간질하여

편싸움에서 이긴다

노인류를 시작한 자식은 그리하여

사람들 중에서 자신이

가장 지혜롭지 않다고 겸양하고 가장 궁상맞지 않다고

과시하고 가장 간교하지 않다고 위장하는 특성을 얻고는

노인류를 종언한 부모를 잊는다

노인류

초판 1쇄 발행 2024년 5월 30일

지은이 하종오
펴낸이 조기조

펴낸곳 도서출판 b
등   록 2003년 2월 24일 (제2023-000100호)
주   소 08502 서울시 금천구 가산디지털2로 169-23 1501-2호
전   화 02-6293-7070(대) 팩시밀리 02-6293-8080
누리집 b-book.co.kr 전자우편 bbooks@naver.com

ISBN 979-11-92986-23-4 03810
값_12,000원